"Para ti, Jean-Jacques, para ti, Adeline:
A vuestros maravillosos hijos. ¡Cereza polvo silla!"
Agnès de Lestrade

"Para aquellos que me han enseñado a vivir:
Fanny, Mingo, Romi, Luca y Diego, ¡gracias!"
Valeria Docampo

Título original: *La grande fabrique de mots*
© Texto de Agnès de Lestrade
© Ilustraciones de Valeria Docampo
© 2009, Edición original publicada en francés por Alice Éditions

Traducción del francés: María Teresa Rivas
Diagramación: Editor Service, S. L.
Primera edición en lengua castellana para España © Marzo 2016
Cuarta reimpresión: Diciembre 2017
Tramuntana Editorial – c/ Cuenca, 35 – 17220 Sant Feliu de Guíxols (Girona)
www.tramuntanaeditorial.com

ISBN: 978-84-16578-08-5
Depósito legal: GI 1673-2017 – Impreso en Índice, Barcelona

# La gran fábrica de las palabras

Agnès de Lestrade - Valeria Docampo

Tramuntana

Existe un país
donde la gente casi no habla.
Es el país de la gran
fábrica de las palabras.

En ese **extraño** país, hay que **comprar** las palabras y **tragárselas** para poderlas **pronunciar**.

La gran fábrica de las palabras trabaja
**noche y día.** Las palabras que salen
de sus máquinas son tan diversas
como el mismo **lenguaje.**

Existen palabras que **cuestan más caras**
que otras. Y **no se dicen** a menudo,
excepto si se es muy rico.
En el país de la gran fábrica, **hablar es caro.**

Los que no tienen dinero, a veces,
rebuscan en los cubos de la basura. Pero las palabras
que se han tirado no son muy interesantes:
hay muchas **cagarrutas de cabra**
y **huesos de conejo.**

**En primavera,** las palabras pueden
comprarse en **las rebajas.**

Se puede conseguir un lote de palabras a buen precio.

Pero casi siempre estas palabras no sirven para gran cosa:

¿Qué hacer con

**ventrílocuo y filodendros?**

A veces, se encuentran algunas palabras en el aire.
Es entonces cuando los niños se precipitan para
atraparlas con sus cazamariposas.
Se sienten muy orgullosos de poder decir algunas palabras
a sus padres, por la noche, durante la cena.

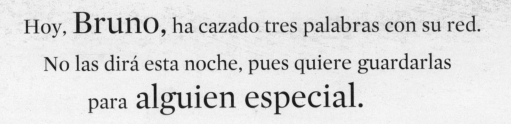

Hoy, **Bruno,** ha cazado tres palabras con su red.

No las dirá esta noche, pues quiere guardarlas

para **alguien especial.**

Mañana, es el cumpleaños de Andrea. Bruno

**está enamorado.** Le habría gustado decirle:

"¡Te quiero!", pero no tiene bastante dinero en su hucha.

Así que le regalará las palabras que se ha encontrado:

**"cereza, polvo, silla".**

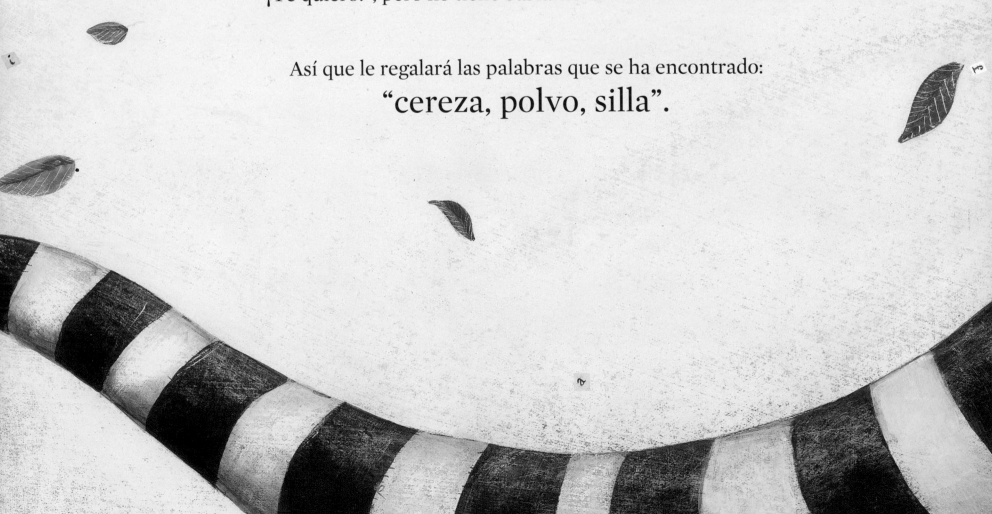

Andrea vive en la calle de al lado.

Bruno llama a su puerta.

Y no le dice **"buenos días, ¿qué tal estás?"**,

porque no tiene esas palabras guardadas.

En su lugar, sonríe.

Andrea lleva un vestido color rojo cereza.

**Ella sonríe también.**

Detrás de ella, Bruno ve a Óscar.

Óscar es su mayor enemigo. Sus padres
son muy ricos, pero no es por eso
que Bruno lo detesta.
Óscar no sonríe. Él habla. A Andrea.

con todo mi corazón,
¡Andrea mía!
Más adelante, lo sé, nosotros nos casaremos.

"¡Esto cuesta una fortuna!", piensa Bruno.

Andrea sigue sonriendo. Pero Bruno no sabe a quién.

En los ojos de Óscar hay mucha seguridad.

"¡Mis palabras son escasas!", piensa Bruno.

Respira profundamente y solo piensa

en todo el amor que alberga en su corazón.

Después pronuncia las palabras atrapadas en su red.

Las palabras vuelan hacia Andrea: son como

piedras preciosas.

¡cereza!

¡polvo!

¡silla!

Andrea ya no sonríe. Lo mira.
Parece que no tenga ninguna
palabra más para decir.

Entonces, se le acerca despacito y deposita un dulce beso
en la nariz de Bruno.

A Bruno solo le queda una palabra.

Se la encontró hace tiempo, en un cubo de basura entre centenares

de cagarrutas de cabra y huesos de conejo.


Esa palabra le gusta mucho.

La había guardado para un gran día. Y finalmente el gran día ha llegado.


Y fijando la mirada en los ojos de Andrea, le dice: